SYNDICAT DES CHEMINOTS ALENÇONNAIS

8° F Pièce

5402

Secrétaire Général : **AGNÈS**

qué à la Sous-Commission Paritaire

Officiel du 9 Novembre 1919

Sur la Réglementation

du Travail

des

MÉCANICIENS, CHAUFFEURS

& AGENTS DES TRAINS

SYNDICAT DES CHEMINOTS ALENÇONNAIS

Secrétaire Général : **AGNÈS**

Délégué à la Sous-Commission Paritaire

Officiel du 9 Novembre 1919

Sur la Réglementation

du Travail

des

MÉCANICIENS, CHAUFFEURS

& AGENTS DES TRAINS

MINISTÈRE DES TRAVAUX PUBLICS DES TRANSPORTS ET DE LA MARINE MARCHANDE

Le président du conseil, ministre de la guerre, et le ministre des travaux publics, des transports et de la marine marchande.

Vu l'avis du conseil d'Etat, en date du 8 octobre 1919, sur la nécessité de constituer un organisme chargé de résoudre les questions de transports autres que celles traitées par les comités d'exploitation et de traction institués par le décret du 15 octobre 1919.

Vu le décret du 15 octobre 1919 chargeant, à titre temporaire, le général Gassouin, sous-chef d'état-major général, d'une mission spéciale auprès du ministre des travaux publics.

Vu la loi en date du 17 octobre 1919, définissant

les pouvoirs du commissaire général de la République française en Alsace-Lorraine.

Arrêtent :

Art. 1er. — Pour l'exercice de la mission qui lui a été confiée par le décret du 15 octobre 1919, le général Gassouin agira comme délégué permanent du ministre des travaux publics et aura autorité sur tous les services du ministère. Il prendra le titre de « directeur général des transports » et sera assisté, à cet effet, d'un comité dit « comité des transports », comprenant :

Le général Gassouin, président ;

Le président du comité d'exploitation des chemins de fer de ceinture ;

Le directeur des chemins de fer d'Alsace-Lorraine ;

Les directeurs des chemins de fer, des ports maritimes et de la navigation au ministère des travaux publics ;

Le président des comités provisoires d'exploitation et de traction.

Chacun de ces membres pourra se faire assister des personnes dont il jugerait la présence nécessaire.

Art. 2. — En cas de désaccord entre les membres du comité, les questions litigieuses sont soumises à l'appréciation du ministre des travaux publics.

En cas d'accord, les décisions prises sont immédiatement exécutoires par chacun des membres ; le président est chargé de suivre l'exécution et d'en rendre compte au ministre des travaux publics.

Fait à Paris, le 8 novembre 1919.

Le président du conseil, ministre de la guerre,

GEORGES CLEMENCEAU.

Le ministre des travaux publics, des transports et de la marine marchande,

. A. CLAVEILLE.

———

Le ministre des travaux publics, des transports et de la marine marchande.

Vu le décret du 15 octobre 1919, instituant sur les grands réseaux de chemins de fer des priorités de transport pour les régions libérées, le ravitaillement et les combustibles, et créant des organismes de coordination pour l'exploitation des réseaux jusqu'au 31 décembre 1920.

Arrête :

Le directeur des chemins de fer au ministère des travaux publics est désigné pour remplir, auprès des comités provisoires institués par les articles 5 et 6 du décret susvisé, les fonctions de commissaire général du Gouvernement, en remplacement de M. l'inspecteur général Fontaneilles, mis en congé, sur sa demande, pour raison de santé.

Cette disposition aura son effet à dater de ce jour.

Paris, le 8 novembre 1919.

A. CLAVEILLE.

Le Ministre des Travaux Publics, des Transports et de la Marine Marchande.

A M. le Directeur des Chemins de Fer et à MM. les Directeurs de Contrôle

Paris, le 8 novembre 1919.

Je vous adresse ci-joint ampliation de :

1° Une lettre que j'adresse à MM. les administrateurs des grands réseaux de chemins de fer au sujet d'une nouvelle réglementation du travail des mécaniciens et chauffeurs et des agents des trains et de la création de comités du travail, à propos de l'application de la journée de huit heures ;

2° Un arrêté de ce jour portant réglementation du travail des mécaniciens et chauffeurs avec un tableau annexe indiquant les modalités de rémunération ;

3° Un arrêté de ce jour portant réglementation du travail des agents des trains avec un tableau annexe indiquant les modalités de rémunération ;

4° Un arrêté de ce jour portant création des

comités du travail sur les réseaux de l'Est, de Paris-Lyon-Méditerranée, de Paris à Orléans, du Nord, du Midi et des Ceintures.

Je vous prie de veiller, en ce qui vous concerne, à l'application de ces arrêtés en tenant compte des précisions développée dans ma lettre d'envoi.

Vous voudrez bien m'accuser réception du dossier ci-joint.

Le ministre des travaux publics,
des transports et de la marine marchande,

A. CLAVEILLE.

Le ministre des travaux publics, des transports et de la marine marchande,

à MM. les Directeurs des grands réseaux d'intérêt général.

Paris, le 8 novembre 1919.

Les arrêtés en date du 28 mai 1914 ont réglementé le travail des mécaniciens et chauffeurs. Ils devaient entrer en vigueur le 1er juillet 1915 et remplacer à cette date les arrêtés réglementaires du 9 mai 1906.

La guerre en a suspendu l'application et les mécaniciens et chauffeurs et les agents des trains

qui ont fait preuve, pendant la durée des hostilités, du plus bel esprit de dévouement et d'abnégation, ont fait abstraction des avantages que ces
arrêtés leur ont laissé entrevoir et ils ont, sans
compter, donné au pays leur temps dans des conditions souvent plus dures que ne l'avaient pré-
vu les arrêtés de 1906.

La date de cessation des hostilités ne doit pas
être le point de départ, différé des arrêtés du 28
mai 1914. Ceux-ci, en effet, ne se trouvent pas
conformes aux prescriptions de la loi du 23 avril
1919 sur la journée de huit heures, au bénéfice de
laquelle a droit le personnel des chemins de fer
tout entier et que, seuls depuis le 5 octobre, les
mécaniciens et chauffeurs n'ont pas encore vue
réalisée à leur profit, tandis que les autres agents
des chemins de fer l'ont obtenue à des dates
échelonnées depuis le 1er mai dernier.

Sans doute, cette loi a prescrit que les règle-
ments d'administration publique détermineront
par profession les délais et conditions de son
application ; mais la diversité du travail dans les
diverses catégories des employés de chemins de
fer rend plus difficile que dans toute autre indus-
trie la préparation de ce règlement, dont la date
de promulgation ne peut être encore déterminée.

J'ai estimé indispensable de ne pas attendre ce
règlement d'administration publique, pour fixer
par des textes provisoires les règles nouvelles du

travail des mécaniciens et chauffeurs et des agents des trains et telle est la raison d'être des nouveaux arrêtés ci-joints règlementant le travail de ces agents.

Les dispositions principales en ont, d'ailleurs, été déterminées d'après les accords intervenus entre les représentants des administrations des réseaux et ceux du personnel, au cours des travaux de la commission paritaire chargée des mesures à prendre en vue de l'établissement de la journée de huit heures pour l'ensemble du personnel des chemins de fer d'intérêt général. Elles visent la mise en vigueur d'un régime que tous les membres de cette commission, représentants des administrations aussi bien que représentants du personnel, désirent aussi rapprochée que possible.

Mais, moins que tout autre, j'ai le droit de me désintéresser de la situation actuelle des transports qui donne lieu à tant de plaintes du public, et qui menace de compromettre les intérêts vitaux du pays. Le trafic est paralysé partiellement, entraînant avec lui des chômages et des pertes considérables. Les trains de voyageurs ont des marches irrégulières. Tout doit être tenté pour faire cesser cet état de choses.

Répondant à une circulaire du 12 août 1919, les directions des réseaux et les représentants du personnel m'ont montré combien ils étaient préoccupés de la crise actuelle et désireux d'y voir apporter des remèdes prompts et efficaces.

Dans ses conclusions des 25 septembre et 2 octobre, dont je vous ai adressé copie dès le 2 octobre, en vous invitant à les examiner sans délai et avec la volonté d'en appliquer immédiatement les dispositions, et que, dans une circulaire du 13 octobre, je transmettais à tout le personnel du contrôle, afin que chacun, dans sa sphère d'action, s'efforce d'en poursuivre la réalisation, le comité de l'exploitation technique des chemins de fer a indiqué toute une série de mesure dont l'application lui paraît de nature à arrêter l'aggravation de la crise et à lui porter remède.

Sans doute, certaines de ces mesures avaient déjà été envisagées auparavant, et j'en avais déjà signalé l'opportunité à ceux qu'elles concernent. Elles sont en cours d'exécution. Il importe que les directions des réseaux fassent l'effort maximum pour en obtenir la réalisation effective dans le délai le plus court possible.

En particulier, le comité de l'exploitation technique a signalé : « La nécessité de rendre le courage et la confiance au personnel déprimé par la fatigue subie pendant la guerre et par les difficultés qu'il rencontre pour faire un bon service, de recruter le plus vite possible les nouveaux agents nécessaires et d'activer leur instruction, de pousser d'une manière particulièrement active le recrutement des équipes de traction et pour cela inciter les ouvriers des ateliers à passer au service des mécaniciens par des avantages pécuniaires, et encourager les mécaniciens et chauffeurs par un système de primes adaptées aux circonstances actuelles, etc.

Il a également signalé, à propos du travail des ateliers, l'intérêt des commissions mixtes d'études ou d'institutions analogues qui existent déjà sur certains réseaux. Il a insisté sur la nécessité de faire appel aux dirigeants des réseaux et au personnel des chemins de fer, à tous les degrés de la hiérarchie, pour qu'ils fassent, temporairement, plus que leur devoir en vue d'arriver à la solution de la crise.

Il semble, d'autre part, que le personnel des chemins de fer ne soit pas toujours à même de se rendre compte des efforts faits pour combattre les difficultés que la guerre entraîne après elle et dont la disparition ne peut pas être obtenue dès le lendemain de la fin des hostilités.

Comment peut-on, mieux que dans les conversations entre les directeurs ou le personnel dirigeant d'une part, les représentants des diverses catégories du personnel d'exécution ou des comités de leurs associations d'autre part, examiner les difficultés rencontrées par les uns et les autres, envisager les remèdes apportés ou à apporter.

Ces conversations ne sont-elles pas de nature à faire renaître la confiance mutuelle ? Certains réseaux entrant dans cette voie, des entretiens ont déjà eu lieu entre directions et comités ; il paraît opportun de les généraliser à tous les réseaux.

A côté des facteurs qui dépassent la bonne volonté humaine (usure du matériel, qualité défectueuse du charbon, etc.), il n'est pas douteux que cette bonne volonté et le zèle des hommes peuvent permettre, dans une certaine mesure, de conjurer les effets de la guerre et d'aider à la reconstitution des territoires dévastés et à la solution du problème de la vie chère. Mécaniciens et chauffeurs et agents des trains n'hésiteront pas à faire, comme le demande le comité de l'exploitation technique, plus que leur devoir. Mais il serait injuste de ne pas chercher à procurer à ceux qui donneront ainsi leur peine et leur temps sans compter, à la chose publique, quelques facilités supplémentaires d'existence.

Les administrations des réseaux l'ont déjà compris et ont manifesté leur intention de montrer, en s'imposant des sacrifices financiers, qu'elles cherchaient à réduire au minimum l'effort demandé à leur personnel.

J'approuve entièrement le principe de tenir compte par une rémunération pécuniaire de la non-application intégrale des règles édictées dans mes arrêtés ci-joints, au point de vue du nombre total des heures de travail entre deux grands repos périodiques, du maximum de travail journalier, de celui de l'amplitude, de ceux des repos journaliers ou du nombre de découchers, etc.

Les tableaux ci-joints indiquent les modalités à adopter pour le calcul de ces rémunérations.

Sans doute, les réseaux, en demandant, pour
faire face à une crise exceptionnellement grave,
de ne pas'appliquer intégralement les dispositions
réglementaires des arrêtés de ce jour, ne peuvent
avoir en vue que des mesures exceptionnelles et
provisoires qui doivent disparaître avec les difficultés elles-mêmes. Il est indispensable de n'envisager que celles de ces mesures qui sont sus-
ceptibles de réaliser une amélioration sérieuse
dans la marche du service sans imposer au personnel un effort disproportionné et trop lourd.
Mais il est non moins indispensable que le personnel connaisse exactement les raisons de la
non-application intégrale et temporaire des règles
imposées par l'arrêté, qu'il puisse les examiner et
rechercher, de concert avec les dirigeants, les solutions de nature à les faire progressivement disparaître. Les nécessités diffèrent d'un réseau à
l'autre, les solutions doivent aussi différer d'un
réseau à l'autre.

Aussi, prenant en considération les résultats
obtenus par les anciens comités du travail du
réseau de l'Etat, j'ai décidé l'organisation sur les
réseaux exploités par les compagnies de comités
du travail des mécaniciens et chauffeurs et de comités du travail des agents des trains. Ces comités se composeront de représentants des administrations des réseaux et de représentants élus par
les agents intéressés. Les élections pour ces comités devront avoir lieu le plus tôt possible. c'est-
à-dire au plus tard avant le 10 décembre.

L'organisation en doit être envisagée comme essentiellement provisoire (le statut en préparation devra déterminer les représentations du personnel).

Les comités du travail auront à faire face à des travaux de deux sortes :

1° Examen des modifications provisoires à apporter à la réglementation du travail des agents intéressés de manière à faire face aux nécessités du service public, c'est-à-dire à réaliser aussi promptement que possible l'amélioration du service aujourd'hui très insuffisant, et à assurer tous les transports que les chemins de fer doivent effectuer, notamment pour la reprise de la vie économique du pays, la reconstitution des régions dévastées, la lutte contre la vie chère, etc. A cette fin par exemple, ces comités du travail devront examiner les périodes pendant lesquelles devront être maintenues des règles analogues à celles qui sont actuellement en vigueur, et prévoir par réseau les cas dans lesquels il conviendra d'apporter à ces règles les modifications exceptionnelles qui seraient justifiées.

Les modifications provisoires et exceptionnelles ainsi étudiées devront être soumises à mon approbation ;

2° Ces règles établies, les comités du travail devront en surveiller l'exécution. A cette fin :

a) Les roulements des services réguliers seront,

lors de leur établissement, examinés par les comités institués auprès des ingénieurs en chef de la traction et de l'exploitation pour les réseaux où les roulements sont établis par le service central et par les comités institués auprès des ingénieurs de section où d'arrondissement, pour les réseaux où les roulements sont établis par les sections ou arrondissements.

Ils seront transmis sans délai à la direction du contrôle du travail avec les observations des comités du travail ; mais il doit demeurer entendu qu'à la date de l'application des horaires, ces roulements seront mis en service à titre provisoire, quelles que soient les observations de la commission si la direction du contrôle du travail n'a pas encore eu le temps de prendre ses décisions.

b) Des dérogations aux règles admises pour le réseau peuvent se produire effectivement en service régulier ou dans les services facultatifs, chaque mois, et au plus tard le dixième jour du mois, les comités fonctionnant auprès des ingénieurs ou des inspecteurs principaux de sections ou d'arrondissement devront examiner les dérogations du mois précédent et transmettre leur rapport avec l'état des dérogations à la direction du contrôle du travail.

Sans attendre d'ailleurs le commencement du mois suivant, les comités du travail devront examiner toutes les dérogations importantes se produisant à une même journée de roulement ou à un même train facultatif, dès que le nombre de ces dérogations atteindra 5. Ils remettront à l'ingénieur ou à l'inspecteur principal de la section ou de l'arrondissement un rapport sur les modifications à apporter soit dans le roulement, soit dans la remorque ou dans l'établissement de l'horaire du train facultatif. Ces réclamations et ces suggestions devront être examinées sans délai, et, en attendant la suite qu'elles comportent, l'exécution du service devra continuer.

L'institution et l'installation des comités du travail seront réalisées dans un délai aussi court que possible ; mais en attendant qu'ils aient pu obtenir les résultats espérés, mécaniciens et chauffeurs et agents des trains devront accepter avec le dévouement et l'abnégation dont ils ont si souvent fait preuve le nouvel effort supplémentaire qui leur sera demandé pour faire face dans tous les cas aux nécessités du service public.

Quelles que soient d'ailleurs les facilités temporaires que la tolérance prévue dans la nouvelle réglementation du travail peut leur procurer, les administrations des réseaux doivent avoir la constante préoccupation d'appliquer au plus tôt les règles prescrites par mon arrêté, tout en satisfaisant au service public d'une façon complète. Je ne doute pas qu'avec le concours loyal du personnel dans le fonctionnement du service comme dans la recherche des remèdes à apporter à la crise actuelle les réseaux ne réalisent, dans un avenir prochain, l'application intégrale de ces règles en même temps qu'ils feront face à toutes les exigences du service.

A. CLAVEILLE.

MÉCANICIENS, CHAUFFEURS

Le ministre des travaux publics, des transports et de la marine marchande.

Vu la loi du 15 juillet 1845 sur la police des chemins de fer ;

Vu le décret du 11 novembre 1917 ;

Vu l'avis du conseil d'Etat en date du 9 avril 1884 ;

Vu l'arrêté du 28 mai 1914 portant règlementation de la durée du travail et des repos des mécaniciens et chauffeurs ;

Vu la loi du 23 avril 1919 ;

La direction des chemins de fer de l'Etat, les compagnies des chemins de fer de l'Est, du Nord, de Paris à Lyon et à la Méditerranée, de Paris à Orléans et le syndicat des chemins de fer de Ceintures de Paris entendus ;.

Vu les conclusions de la commission paritaire instituée par l'arrêté ministériel du 24 avril 1919.

Arrête :

Art. 1er. — A partir du 15 novembre 1919, sur les réseaux de l'État, du Nord, de l'Est, d'Orléans, du Paris-Lyon-Méditerranée, du Midi et des Ceintures de Paris, la durée du travail et des repos des mécaniciens et chauffeurs sera réglée par l'ensemble des dispositions suivantes qui abrogeront et remplaceront les arrêtés en vigueur.

Art. 2. — Dans chacune des périodes s'étendant entre deux journées de grand repos périodique successives, la durée du travail effectif ne doit pas dépasser huit heures en moyenne par jour. Pour déterminer cette moyenne de travail, on délimite la période de travail en la faisant commencer à la fin de la journée comptée de zéro à vingt-quatre heures qui se trouve comprise entièrement dans le grand repos précédant la période de travail et en la faisant se déterminer au début de la journée, comptée de zéro à vingt-quatre heures, qui se trouve comprise entièrement dans le grand repos suivant la période. On divise le total du travail compris dans la période ainsi définie par le nombre de jours compris dans cette période.

Lorsqu'un grand repos comprendra entièrement deux journées de zéro à vingt-quatre heures, bien qu'il ne compte que pour un repos simple, la journée dite de repos sera la seconde.

Lorsqu'un grand repos sera double et comptera pour deux repos, on opérera comme pour les repos simples, mais en limitant la période de travail au commencement du groupe de deux journées comptées de zéro à vingt-quatre heures, qui sera entièrement compris dans le grand repos et en commençant celle qui suit à la fin de ce même groupe de deux journées.

Le temps de travail qu'un agent aura à fournir entre l'expiration de son dernier repos à la résidence et le grand repos périodique qui le suit, ne sera pas compté pour moins de trois heures dans le total du travail de la période.

L'ensemble des périodes de travail comprises entre deux grands repos consécutifs ne doit pas contenir plus de neuf heures de travail effectif ; exceptionnellement des durées de travail journalier excédant neuf heures sans dépasser dix heures peuvent être admises, mais au plus deux fois entre deux repos périodiques successifs et six fois par mois.

Lorsqu'une durée de travail supérieure à neuf heures sera prévue, les raisons motivant ce dépassement seront portées à la connaissance du personnel intéressé.

L'ensemble des périodes de travail et de repos comprises entre deux grands repos consécutif (amplitude de la journée de travail) ne doit pas avoir une durée supérieure à douze heures. Cette durée pourra toutefois être portée à quatorze heures, deux fois au plus entre deux grands repos périodiques successifs.

La moyenne des amplitudes entre deux grands repos périodiques successifs ne doit pas être supérieure à dix heures, sous réserve des inobservations accidentelles qui viendraient à se produire en fin de période.

Chaque fois que la durée du travail devra dépasser huit heures, la possibilité de prendre un repas devra être laissée aux agents après une période de travail de six heures au plus ; le temps alloué pour ce repas (trente minutes environ) sera mentionné sur les roulements.

Art. 3. — Sont seuls considérés comme grands repos deux ayant une durée ininterrompue de quatorze heures au moins à la résidence de l'agent et de neuf heures au moins hors de la résidence.

Toutefois, la durée du repos hors de la résidence pourra être inférieure à neuf heures sans descendre au-dessous de huit heures si le service commandé à l'agent le fait rentrer à sa résidence.

D'autre part, il pourra y avoir entre deux grands repos périodiques successifs ;

Soit deux repos à la résidence d'une durée inférieure à quatorze heures, sans être inférieure à
treize heures ;

Soit un repos à la résidence d'une durée inférieure à quatorze heures, sans être inférieure à
douze heures ;

Mais on évitera, autant que possible, de réduire le repos à une durée inférieure à treize
heures, après une journée contenant plus de neuf
heures de travail effectif.

Un repos hors la résidence doit normalement
être suivi d'un repos à la résidence.

Toutefois, il pourra être donné deux repos consécutifs hors la résidence, mais seulement une
fois entre deux grands repos périodiques successifs ; aucun de ces repos consécutifs hors résidence ne sera inférieur à neuf heures.

Il doit y avoir, en moyenne, un grand repos
périodique de trente-huit heures au moins à la
résidence par six jours de travail.

Les repos périodiques devront être placés sur
deux nuits consécutives, la première commençant au plus tard vers vingt-deux heures et la
seconde finissant au plus tôt vers six heures.

Il ne peut y avoir plus de neuf journées de travail entre deux grands repos consécutifs. Toutefois, la période de travail comprise entre deux
grands repos pourra aller jusqu'à dix jours au
maximum au lieu de neuf, à condition que la période de travail suivante ne s'étende pas sur plus
de huit jours.

Au cours d'un mois, il doit y avoir au moins quatre repos périodiques, dont deux peuvent être réunis en un repos double d'une durée minimum de soixante-deux heures.

Art. 4. — Par dérogation aux dispositions précédentes, pour les mécaniciens et chauffeurs assurant des services de manœuvre ou de dépôt organisé en trois postes consécutifs de huit heures ou en deux postes de huit heures consécutifs ou non, les repos périodiques seront donnés par alternance des agents d'un poste à l'autre de la façon suivante :

Dans les services organisés en trois postes consécutifs de huit heures, chaque agent effectuera en vingt-quatre jours, huit périodes de matinée suivies d'une interruption de trente-deux heures, puis huit périodes de nuit suivies d'une interruption de cinquante-six heures, enfin cinq périodes de soirée suivies d'une interruption de trente-deux heures.

Dans les services organisés en deux postes A et B, consécutifs ou non, comprenant chacun huit heures de travail soit continu, soit en deux séances, chaque agent effectuera en seize jours huit périodes A suivies d'un grand repos et six périodes B suivies d'un autre grand repos ; la durée moyenne de ces deux grands repos étant égale à la durée du repos quotidien augmenté de vingt-quatre heures.

Dans les deux cas envisagés ci-dessus, pour compléter les quarante-six repos périodiques annuels ainsi donnés, il sera alloué, tous les deux mois, un repos complémentaire de vingt-quatre heures substitué à une journée de travail de roulement et soudé autant que possible au repos périodique le plus long.

Art. 5. — Pendant les grands repos périodiques, les agents sont dispensés de tout service et peuvent s'absenter de leur résidence.

A. — *Définition du travail effectif*

Art. 6. — On compte comme travail effectif tout le temps pendant lequel les agents sont tenus de rester sur leur machine ou de ne pas s'en éloigner, ou ont un travail quelconque à effectuer dans les gares, dépôts et ateliers.

Les laps de temps alloués pour les opérations que les mécaniciens et chauffeurs peuvent avoir à effectuer avant le départ ou après l'arrivée sont, pour chaque train, indiqués sur les roulements. Lorsque l'intervalle entre l'arrivée d'un train et le départ du suivant ne dépasse pas une heure et demie, cet intervalle est compté entièrement comme travail.

B. — *Réserve*

En ce qui concerne les réserves, on distingue les périodes de réserve secours, pendant lesquelles les agents sont uniquement tenus de rester constamment présents au dépôt sans y être occupés et les périodes de réserve à disposition, pendant lesquelles les agents peuvent être employés à divers travaux au dépôt ou en gare.

On compte comme travail les laps de temps nécessaires pour les opérations que les mécaniciens ou chauffeurs peuvent avoir à effectuer pour la préparation de la machine de réserve, et ces laps de temps, ainsi que les périodes de réserve secours, doivent être indiqués sur les roulements.

Réserve secours. — Toute période de réserve secours, déduction faite, s'il y a lieu, des laps de temps ci-dessus indiqués, est comptée comme travail pour un tiers de sa durée dans le travail de la journée et dans les conditions indiquées ci-après :

La séance de travail comprenant une période de réserve secours ne devra pas dépasser une amplitude de dix-huit heures.

La réserve pourra être immédiatement précédée et suivie d'un travail effectif dont l'amplitude totale devra être telle qu'en lui ajoutant le tiers du temps de réserve, le total ne dépassera pas dix heures. Exemple : si un agent fait la réserve pendant neuf heures comptant pour trois heures du travail, on pourra lui demander du travail dans une amplitude de sept heures au plus. L'amplitude maxima de la période de travail et de réserve sera de 9 + 7 = 16 heures.

Dans l'intervalle entre deux grands repos périodiques, il ne doit pas y avoir plus de vingt-quatre heures de réserve réparties en périodes dont aucune n'excédera quatorze heures.

Cas où l'équipe de réserve assure le secours et revient continuer la réserve. — Quand l'équipe de réserve est déplacée pour aller au secours et revient ensuite continuer la séance de réserve prévue au roulement, il lui est alloué, s'il y a lieu, les compensations ci-après :

Si l'équipe est à la résidence et si le déplacement commence plus de trois heures avant la fin de la réserve, ce déplacement ne doit pas être compté dans la durée de travail de la journée pour moins de trois heures de travail effectif, même si la durée est inférieure à ce chiffre. S'il commence moins de trois heures avant la fin de la séance de réserve, toute la fin de la réserve est comptée comme travail.

Si l'équipe est hors résidence et si le total du travail dans la période comprenant la réserve, est porté par le secours au-delà de dix heures, l'excédent sur dix heures est compté pour le double de sa valeur dans le total du travail entre grands repos périodiques.

Réserve à disposition. — La réserve à disposition est entièrement comptée comme travail.

Disponibilité à domicile. — Le temps pendant lequel les agents sont tenus de rester à leur domicile à la disposition du dépôt, en attendant d'être commandés, sera compté pour un quart dans la durée du travail entre grands repos périodiques.

Ce temps est calculé depuis l'heure à laquelle l'agent a été avisé de se tenir à disposition, ou à défaut d'un tel avis, de la fin du grand repos à la résidence jusqu'à l'heure de la commande.

Il n'est pas tenu compte des temps à disposition d'une durée inférieure à quatre heures.

Art. 7. — Les compagnies et l'administration des chemins de fer de l'État doivent soumettre à l'administration les tableaux et graphiques de roulement.

Des copies conformes de ces tableaux et graphiques doivent être affichées d'une façon apparente dans les dépôts, de manière à les porter à la connaissance des mécaniciens et chauffeurs.

Art. 8 — A titre temporaire, des modifications pourront être apportées au régime énoncé aux articles 2 à 6 dans les cas ci-après :

1° Travaux urgents dont l'exécution immédiate est nécessaire pour prévenir les accidents imminents, organiser des mesures de sauvetage ou réparer des accidents ;

2° Travaux exécutés dans l'intérêt de la sûreté et de la défense nationale ou d'un service public ;

3° Travaux urgents (surcroît extraordinaire de travail).

Sauf cas de force majeure, ces modifications devront être soumises à l'approbation de la direction du contrôle du travail des agents de chemins de fer.

Il ne peut être dérogé aux règles énoncées aux articles 2 à 6 ou à celles qui peuvent résulter de l'application du paragraphe 1er du présent article :

a) Dans les tableaux de roulement que dans des cas dûment justifiés et avec l'autorisation de la direction du contrôle du travail ;

b) Dans les services des trains facultatifs et de machines de réserves que dans des cas exeptionnels résultant de nécessités imposées par les travaux visés ci-dessus.

Art. 9. — Si, en service, par suite de circonstances imprévues ou accidentelles, il s'est produit des dérogations aux règles relatives à la durée du travail ou du repos de mécaniciens et chauffeurs, chaque administration doit en informer le service du contrôle du travail par un compte rendu adressé le 10 de chaque mois pour le mois précédent au directeur de ce service. Ces comptes rendus feront ressortir les différences entre le travail ou les repos réels. Ils donnent s'il y a lieu tous les renseigne-

ments utiles pour permettre d'apprécier la nature
et l'importance des dérogations signalées. Des extraits en sont affichés dans les dépôts.

Le directeur du contrôle du travail prescrit à
l'administration du réseau de prendre les mesures
nécessaires pour faire disparaître sans retard les
causes permanentes qui amèneraient des dérogations réitérées aux prescriptions du présent arrêté.
Les suites données à ces observations sont signalées à l'administration par le service du contrôle
qui propose en outre les mesures nécessaires pour
compléter celles déja prises par le réseau dans le
cas où il les jugerait insuffisantes.

Art. 10 — En aucun cas et sous aucun prétexte,
les mécaniciens et chauffeurs ne peuvent invoquer
la prolongation de la durée de leur travail pour
interrompre le service qui leur à été assigné entre
deux grands repos journaliers et plus généralement
pour abandonner le service public qu'ils sont
chargés d'assurer. Mais ils doivent rendre compte
à leurs chefs aussitôt que possible de toutes les
dérogations au présent arrêté qui se sont produites
au cours de leur travail en inscrivant leurs observations sur un registre spécial ouvert à cet effet
dans chaque dépôt.

L'inobservation éventuelle par les agents de la
disposition précédente ne dispense en aucune
façon les compagnies de chemins de fer de signaler
au service du contrôle du travail, conformément

aux prescriptions de l'article 9, les dérogations qui se sont produites.

Art. 11. — Les roulements en vigueur, les bulletins de traction et les registres mentionnés à l'article précédent sont constamment tenus à la disposition des ingénieurs du contrôle et des agents sous leurs ordres.

A. CLAVEILLE.

Rémunération du Travail
des Mécaniciens et Chauffeurs

Dans le cas où les nécessités du service auront entraîné la non-application intégrale des règles du travail des mécaniciens et chauffeurs fixées par les articles 2 à 6 de l'arrêté du 8 novembre 1919, les rémunérations suivantes seront accordées aux mécaniciens :

Augmentation de la durée du travail entre deux repos périodiques non compensés dans la période suivante, par heure...................... 3 »

Dépassement de la durée maximum du travail journalier, par heure.............. 1 »

Dépassement de l'amplitude au-delà des limites réglementaires, par heure......... 0 75

Réduction de la durée des repos à la résidence ou hors résidence, par heure 0 75

Ces indemnités se cumuleront. Le décompte en
sera fait par quart d'heure arrondi au quart d'heure
supérieur.

Les chauffeurs recevront des indemnités égales
au deux tiers de celles des mécaniciens.

Lorsque, à titre tout à fait exceptionnel, on fera
prendre à un mécanicien ou à un chauffeur trois
repos consécutifs hors de la résidence, on lui
allouera une indemnité de 5 fr., indépendamment
des indemnités de déplacement résultant des
règles en vigueur.

Dans les services ramenant l'agent chaque jour
à sa résidence, les indemnités pour dérogations
aux règles relatives à la durée maximum du travail journalier, à l'amplitude ou au repos, seront
réduites de moitié.

Vu pour être annexé à notre arrêté en date de
ce jour.

Paris, le 8 novembre 1919.

*Le ministre des travaux publics, des transports
et de la marine marchande,*

A. CLAVEILLE.

Agents des Trains

Le ministre des travaux publics, des transports et de la marine marchande.

Vu la loi du 15 juillet 1845 sur la police des chemins de fer ;

Vu le décret du 11 novembre 1917 ;

Vu l'avis du conseil d'Etat en date du 9 avril 1884 ;

Vu l'arrêté du 28 mai 1914 portant réglementation de la durée du travail et des repos des agents des trains ;

Vu la loi du 23 avril 1919 ;

La direction des chemins de fer de l'Etat, les compagnies des chemins de fer de l'Est, du Nord, de Paris à Lyon et à la Méditerranée, de Paris à Orléans et le syndicat des chemins de fer de ceinture de Paris entendus ;

Vu les conclusions de la commission paritaire instituée par l'arrêté ministériel du 24 avril 1919.

Arrête :

Art. 1er. — A partir du 15 novembre 1919, sur les réseaux de l'Etat, du Nord, de l'Est, d'Orléans, du Paris-Lyon-Méditerranée, du Midi et des ceintures de Paris, la durée du travail et des repos des agents des trains sera réglée par l'ensemble des dispositions suivantes qui abrogeront et remplaceront les arrêtés en vigueur.

Art. 2. — Dans chacune des périodes s'étendant entre deux journées de grand repos périodique successives, la durée du travail effectif ne doit pas dépasser huit heures en moyenne par jour. Pour déterminer cette moyenne de travail, on délimite la période de travail, en la faisant commencer à la fin de la journée comptée de zéro à vingt-quatre heures, qui se trouve comprise entièrement dans le grand repos précédent la période de travail et en la faisant se terminer au début de la journée, comptée de zéro à vingt-quatre heures, qui se trouve comprise entièrement dans le grand repos suivant la période. On divise le total du travail compris dans la période ainsi définie par le nombre de jours compris dans cette période.

Lorsqu'un grand repos comprendra entièrement deux journées de zéro à vingt-quatre heures, bien qu'il ne compte que pour un repos simple, la journée dite de repos sera la seconde.

Lorsqu'un grand repos sera double et comptera pour deux repos, on opérera comme pour les repos simples, mais en limitant la période de travail au commencement du groupe de deux journées comptées de zéro à vingt-quatre heures, qui sera entièrement compris dans le grand repos et en commençant celle qui suit à la fin de ce même groupe de deux journées.

Le temps de travail qu'un agent aura à fournir entre l'expiration de son dernier repos à la résidence et de grand repos périodique qui le suit, ne sera pas compté pour moins de trois heures dans le total du travail de la période.

L'ensemble des périodes de travail comprises entre deux grands repos consécutifs ne doit pas contenir plus de neuf heures de travail effectif ; exceptionnellement des durées de travail journalier excédant neuf heures sans dépasser dix heures peuvent être admises, mais au plus deux fois entre deux repos périodiques successifs et six fois par mois.

Lorsqu'une durée de travail supérieure à neuf heures sera prévue, les raisons motivant ce dépassement seront portées à la connaissance du personnel intéressé.

L'ensemble des périodes de travail et de repos comprises entre deux grands repos consécutifs (amplitude de la journée de travail) ne doit pas avoir une durée supérieur à douze heures.

La moyenne des amplitudes entre deux grands repos périodiques successifs ne doit pas être supérieure à dix heures, sous réserve des inobservations accidentelles qui viendraient à se produire en fin de période.

Chaque fois que la durée du travail devra dépasser huit heures, la possibilité de prendre un repos devra être laissée aux agents après une période de travail de six heures au plus ; le temps alloué pour un repas (trente minutes environ) sera mentionné sur les roulements.

Art. 3. — Sont seuls considérés comme grands repos ceux ayant une durée ininterrompue de quatorze heures au moins à la résidence de l'agent et de neuf heures au moins hors de la résidence.

Toutefois, la durée du repos hors de la résidence pourra être inférieure à neuf heures sans descendre au-dessous de huit heures pour faire rentrer l'agent à la résidence dans les cas de nécessité de service et dans les cas où l'observation du minimum de neuf heures aurait comme conséquence d'entraîner un séjour trop prolongé de l'agent hors de la résidence,

D'autre part, il pourra y avoir entre deux grands repos périodiques successifs, un repos à la résidence d'une durée inférieure à quatorze heures sans être inférieure à treize heures.

Un repos hors la résidence doit toujours être suivi d'un repos à la résidence.

Il doit y avoir, en moyenne, un grand repos périodique de trente-huit heures au moins à la résidence par six jours de travail.

Les repos périodiques devront être placés sur

deux nuits consécutives, la première commençant au plus tard vers vingt-deux heures et la seconde finissant au plus tôt vers six heures.

Il ne peut y avoir plus de 9 journées de travail entre deux grands repos consécutifs. Toutefois, la période de travail comprise entre deux grands repos pourra aller jusqu'à dix jours au maximum au lieu de neuf, à condition que la période de travail suivante ne s'étende. pas sur plus de huit jours.

Au cours d'un mois, il doit y avoir au moins quatre repos périodiques dont deux peuvent être réunis en un repos double d'une durée minimum de soixante-deux heures.

Art. 4. — Pendant les grands repos périodiques, les agents sont dispensés de tout service et peuvent s'absenter de leur résidence.

A. — Définition du travail effectif

Art. 5. — On compte comme travail effectif tout le temps pendant lequel les agents sont tenus de rester dans leur train ou de ne pas s'en éloigner, ou ont un travail quelconque à effectuer dans les gares.

Les laps de temps alloués pour les opérations que les agents des trains peuvent avoir à effectuer avant le départ ou après l'arrivée sont, pour chaque train, indiqués sur les roulements. Lorsque

l'intervalle entre l'arrivée d'un train et le départ
du suivant ne dépasse pas une heure et demie,
cet intervalle est compté entièrement comme travail.

B. — *Réserve*

Le temps de réserve en gare est compté pour
sa totalité dans le calcul du travail effectif entre
deux grands repos périodiques et dans l'amplitude de la journée de travail. En ce qui concerne
la durée du travail de la journée, les trois pre-
mières heures de réserve ne sont décomptées que
pour un tiers, si l'agent part au cours de la période de réserve ; elles sont comptés en totalité
dans le cas contraire.

Si l'agent est occupé pendant qu'il est à la réserve en gare, le temps de présence est décompté
en totalité dans tous les cas.

Disponibilité à domicile. — Le temps pendant
lequel les agents sont tenus de rester à leur domicile à la disposition de la gare, en attendant
d'être commandés, sera compté pour un quart
dans la durée du travail entre grands repos périodiques.

Ce temps est calculé depuis l'heure à laquelle
l'agent a été avisé de se tenir à disposition ou, à
défaut d'un tel avis, de la fin du grand repos à la
résidence jusqu'à l'heure de la commande.

Il n'est pas tenu compte des temps à disposition
d'une durée inférieure à quatre heures.

Art. 6. — Les compagnies et l'administration des chemins de fer de l'État doivent soumettre à l'administration les tableaux et graphiques de roulement.

Des copies conformes de ces tableaux et graphiques doivent être affichées d'une façon apparente dans les gares, de manière à les porter à la connaissance des agents des trains.

Art. 7. — A titre temporaire, des modifications pourront être apportées au régime énoncé aux articles 2 à 5, dans les cas ci-après :

1° Travaux urgents dont l'exécution immédiate est nécessaire pour prévenir des accidents imminents, organiser des mesures de sauvetage ou réparer des accidents ;

2° Travaux exécutés dans l'intérêt de la sûreté et de la défense nationale ou d'un service public ;

3° Travaux urgents (surcroit extraordinaire de travail).

Sauf cas de force majeure, ces modifications devront être soumises à l'approbation de la direction du contrôle du travail des agents de chemins de fer.

Il ne peut être dérogé aux règles énoncées aux articles 2 à 5 ou à celles qui peuvent résulter de l'application du paragraphe 1er du présent article.

a) Dans les tableaux de roulement que dans des cas dûment justifiés, et avec l'autorisation de la direction du contrôle du travail ;

b) Dans les services de trains facultatifs que dans des cas exceptionnels résultant de nécessités imposées par les travaux visés ci-dessus.

Art. 8. — Si, en service, par suite de circonstances imprévues ou accidentelles, il s'est produit des dérogations aux règles relatives à la durée du travail ou des repos des agents des trains, chaque administration doit en informer le service du contrôle du travail par un compte rendu adressé le 10 de chaque mois pour le mois précédent au directeur de ce service. Ces comptes rendus feront ressortir les différences entre le travail ou les repos autorisés et le travail ou les repos réels. Ils donnent, s'il y a lieu, tous les renseignements utiles pour permettre d'apprécier la nature et l'importance des dérogations signalées. Des extraits en sont affichés dans les dépôts.

Le directeur du contrôle du travail prescrit à l'administration du réseau de prendre les mesures nécessaires pour faire disparaître sans retard les causes permanentes qui amèneraient des dérogations réitérées aux prescriptions du présent arrêté. Les suites données à ces observations sont signalées à l'administration par le service du contrôle qui propose, en outre, les mesures nécessaires pour compléter celles déjà prises par le réseau dans le cas où ils les jugerait insuffisantes.

Art. 9. — En aucun cas et sous aucun prétexte,

les agents des trains ne peuvent invoquer la prolongation de la durée de leur travail, pour interrompre le service qui leur a été assigné entre deux grands repos journaliers et plus généralement pour abandonner le service public qu'ils sont chargés d'assurer. Mais ils doivent rendre compte, à leur chef, aussitôt que possible, de toutes les dérogations au présent arrêté qui se sont produites au cours de leur travail, en inscrivant leurs observations sur un registre spécial ouvert à cet effet dans chaque gare.

L'inobservation éventuelle par les agents de la disposition précédente ne dispense en aucune façon les compagnies de chemins de fer de signaler au service du contrôle du travail, conformément aux prescriptions de l'article 9, les dérogations qui se sont produites.

Art. 10. — Les roulements en vigueur, les bulletins de traction et les registres mentionnés à l'article précédent sont constamment tenus à la disposition des ingénieurs du contrôle et des agents sous leurs ordres.

Paris, le 8 novembre 1919.

A. CLAVEILLE.

Rémunération du Travail des Agents des Trains

Dans le cas où les nécessités du service auront entraîné la non-application intégrale des règles du travail des agents des trains fixées par les articles 2 à 6 de l'arrêté du 8 novembre 1919, les rémunérations suivantes seront accordées aux chefs de train :

Augmentation de la durée du travail entre deux repos périodiques, non compensée dans la période suivante, par heure, 2 fr.

Dépassement de la durée maximum du travail journalier, par heure, 70 centimes.

Dépassement de l'amplitude au-delà des limites réglementaires, par heure, 50 centimes.

Réduction de la durée des repos à la résidence ou hors résidence, par heure, 50 centimes.

Ces indemnités se cumuleront. Le décompte en sera fait par quart d'heure arrondi au quart d'heure supérieur.

Les agents autres que les chefs de train recevront des indemnités égales aux trois quarts de celles de ces derniers agents.

Lorsque, à titre tout à fait exceptionnel, on fera prendre à un agent des trains deux repos consécutifs hors de la résidence, on lui allouera une indemnité de 5 fr. indépendamment des indemnités de déplacement résultant des règles en vigueur.

Dans les services ramenant l'agent chaque jour à sa résidence, les indemnités pour dérogations aux règles relatives à la durée maximum du travail journalier, à l'amplitude ou au repos seront réduites de moitié.

Vu pour être annexé à notre arrêté en date de ce jour.

Paris, le 8 novembre 1919.

Le ministre des travaux publics, des transports et de la marine marchande,

A CLAVEILLE.

Le ministre des travaux publics, des transports et de la marine marchande,

Vu la loi du 18 juillet 1845 sur la police des chemins de fer ;

Vu le décret du 11 novembre 1917 ;

Vu l'avis du conseil d'Etat en date du 9 avril 1884 ;

Vu les arrêtés portant réglementation de la durée du travail et des repos des mécaniciens et chauffeurs et des agents des trains ;

Vu la loi du 23 avril 1919 ;

Les compagnies de chemins de fer de l'Est, du Midi, du Nord, de Paris à Lyon et à la Méditerranée, de Paris à Orléans et le syndicat des chemins de fer de ceintures de Paris entendus,

Arrête :

Art. 1er. — Il est institué à titre provisoire sur chacun des réseaux suivants : Est, Paris à Lyon et à la Méditerranée, Paris-Orléans, Nord, Midi et Ceinture.

1º Un comité central du travail des mécaniciens et chauffeurs auprès de l'ingénieur en chef de la traction pour l'ensemble de chaque réseau. Et un comité local du travail des mécaniciens et chauffeurs auprès des ingénieurs de section ou d'arrondissements de traction, pour l'ensemble de la section ou de l'arrondissement ;

2º Un comité central du travail des agents des trains auprès de l'ingénieur en chef de l'exploitation pour l'ensemble de chaque réseau. Et un comité local du travail des agents des trains auprès des inspecteurs principaux chef d'arrondissement d'exploitation pour l'ensemble de l'arrondissement.

Art. 2. — Chaque comité du travail des mécaniciens et chauffeurs sera composé de deux représentants du service de la traction du réseau et de deux représentants élus par le personnel et pris parmi les mécaniciens ou chauffeurs de ligne.

Chaque comité du travail des agents des trains sera composé de deux représentants du service de l'exploitation du réseau et deux représentants élus par le personnel et pris parmi les agents des trains.

Les représentants du personnel au comité local du travail des mécaniciens et chauffeurs seront élus par les mécaniciens et les chauffeurs titulaires de l'arrondissement ou de la section de traction.

Les représentants du personnel au comité local des agents des trains seront élus par les agents des trains de l'arrondissement d'exploitation.

Les représentants du personnel au comité central du travail des mécaniciens et chauffeurs seront élus par les représentants du personnel aux comités locaux des mécaniciens et chauffeurs.

Les représentants du personnel au comité central des agents des trains seront élus par les représentants du personnel aux comités locaux des agents des trains.

Un fonctionnaire du contrôle du travail assistera aux séances de chaque comité.

Art. 3. — Les comités de travail sont appelés à donner leur avis sur l'application des règles adoptées pour le travail du personnel correspondant.

Chacun de ces avis sera envoyé au ministre. Les comités commenceront à fonctionner à partir du 10 décembre 1919.

Toutefois, le comité central du travail des mécaniciens et chauffeurs et le comité central du travail des agents des trains d'un même réseau pourront se réunir sur la convocation d'un représentant du ministère des travaux publics, pour délibérer sur des questions communes à ces deux catégories d'agents.

A. — *Détermination du régime*

Chaque réseau détermine, d'après les moyens d'action dont il dispose et les nécessités du trafic qu'il doit assurer, le régime applicable à l'ensemble du réseau.

Si ce régime comporte des modifications à la réglementation prévue par les arrêtés ministériels portant réglementation de la durée du travail des mécaniciens et chauffeurs et des agents des trains le réseau saisit le comité central du travail.

Cette détermination est faite en principe pour une période de trois mois. Tous les trois mois, il est procédé d'office à une revision de la situation. Si, au cours de la période de trois mois, des circonstances exceptionnelles paraissent devoir justifier des modifications du régime, le réseau ou les représentants du personnel peuvent demander une nouvelle étude de la question.

B. — *Contrôle des roulements du service régulier*

Ce contrôle est assuré par les comités centraux pour les réseaux où les roulements sont établis par le service central et par les comités locaux pour les réseaux ou les roulements sont établis par les sections ou arrondissements de traction ou d'exploitation.

Chaque roulement est soumis, pour avis dès son établissement, dans le premier cas au comité central compétent et dans le second cas au comité local compétent ; le roulement est ensuite envoyé à l'administration avec cet avis, mais il est bien entendu qu'à la date de l'application des horaires, le roulement est mis en service à titre définitif ou temporaire quel que soit l'avis de la commission.

C. — *Contrôle des dérogations effectives du service régulier et facultatif*

Les dérogations qui se sont produites au cours d'un mois sont portées au commencement du mois suivant, le 10 au plus tard, à la connaissance de l'ingénieur de la traction ou de l'inspecteur principal d'exploitation qui les communique au comité local intéressé. L'avis de ce dernier est transmis à l'administration avec l'état des dérogations.

Si, au cours d'un mois, il se produit à une

même journée de roulement ou à un même train facultatif plus de cinq dérogations graves, le comité local intéressé peut être saisi ; il remet à l'ingénieur de la traction ou à l'inspecteur principal de l'exploitation un rapport sur les modifications qu'il serait d'avis d'apporter soit dans les roulements, soit dans la remorque et dans l'établissement de l'horaire du train facultatif.

A. CLAVEILLE.

Alençon. — Imprimerie P. HAMONNET, 12, rue Saint-Blaise

Imprimerie Moderne. -- P. HAMONNET.

www.ingramcontent.com/pod-product-compliance
Lightning Source LLC
Chambersburg PA
CBHW061703180626
46818CB00003B/1236